**Analyse** de l'œuvre

Par Véronique Letournou

# Un(e)secte

Maxime Chattam

lePetitLittéraire.fr

# **Analyse** de l'œuvre

Par Véronique Letournou

# Un(e)secte

Maxime Chattam

lePetitLittéraire.fr

# UN(E)SECTE

## POLICIER ANIMALIER

- **Genre :** roman policier / thriller
- **Édition de référence** : *Un(e)secte*, Paris, Albin Michel, 2019.
- **1re édition :** 2019
- **Thématiques :** la ville, la nature, la société, l'isolement, les insectes.

Tandis qu'à Los Angeles, l'inspecteur Atticus Gore tente de résoudre un meurtre aussi épouvantable que mystérieux semblant signifier que les insectes communiquent entre eux, la détective Kat Kordell essaie, quant à elle, de retrouver à New York la trace d'une jeune fille disparue. Leurs deux enquêtes vont finir par converger et mettre au jour un complot terrifiant.

*Un(e)secte* appartient au genre du roman policier, tendance thriller. Très bien reçu par les lecteurs friands du genre, *Un(e)secte* joue avec l'une des peurs les plus répandues : celle des insectes. Maxime Chattam en profite pour nous délivrer à la fin de son livre quelques informations réelles sur des programmes de recherche sur les insectes, cette population minuscule et ignorée qui s'élève à environ dix-milliards de milliards d'individus sur Terre…

# MAXIME CHATTAM

## ÉCRIVAIN FRANÇAIS

- **Né en 1976 à Herblay**
- **Quelques-unes de ses œuvres :**
  - *Le cinquième règne* (sous le pseudonyme de Maxime Williams) (2003), prix du roman fantastique du festival de Gérardmer, roman fantastique
  - *La trilogie du mal*, qui comprend *L'âme du mal*, *In tenebris* et *Maléfices* (2002, 2003 et 2004), thrillers
  - *Le fracas de la viande chaude* (2009), nouvelle faisant partie de *L'empreinte sanglante*, recueil collectif

Maxime Chattam, de son vrai nom Maxime Drouot, est né en 1976 dans le Val-d'Oise à Herblay. Un premier voyage à Portland (Oregon) déclenche sa passion pour les États-Unis, terre de rêve et de gigantisme, passion nourrie par la révélation de la littérature de science-fiction, qu'il dévore tous azimuts, puis la littérature gore : ces mondes réels et fantasmés alimentent son imaginaire. Après avoir tenté sa chance en tant qu'acteur (il a quelques petits rôles dans des téléfilms à son actif), il passe à l'écriture et écrit en 1998 *Le coma des mortels*, « fable humoristique sur la solitude ». Attiré par le roman policier, il s'initie à la criminologie qu'il étudie pendant un an. En octobre 2001, *L'âme du mal* parait chez Michel Lafon, lançant sa carrière d'écrivain.

Traduit dans une vingtaine de pays, Maxime Chattam a vendu plus de 7 millions de livres en France. Certains de ses romans sont en cours d'adaptation pour des séries télévisées.

# RÉSUMÉ

Afin de simplifier la compréhension de l'intrigue, le résumé ci-dessous ne suit pas exactement la structure du texte. En effet, les deux personnages d'enquêteurs Kat Kordell et Atticus Gore – basés aux extrémités opposées des États-Unis – progressent de concert dans leur enquête respective. Il y a donc deux intrigues parallèles dont le lecteur comprend dès le départ qu'elles seront amenées à se croiser. Jusqu'à ce point d'intersection – dans le Kansas donc en plein milieu du pays, entre New York et Los Angeles –, Maxime Chattam, pour instaurer un effet de suspens, les fait avancer au même rythme et les entremêle constamment : un chapitre (parfois deux) suit Atticus, le suivant Kat, le suivant Atticus, et ainsi de suite. Le livre compte 69 chapitres ; Kat Kordell et Atticus Gore se rencontrent au 50e chapitre. Ils mènent leur quête sans se connaitre jusque-là.

## PROLOGUE

Un bref prologue plante le décor. Nous sommes à Carson Mills, Kansas. Scène archétypale : une vision paisible d'une ferme isolée et soigneusement entretenue par un couple âgé. Il est au jardin, elle lit sur la terrasse. Alors que l'angoisse rôde et monte dans ce décor tranquille, elle se fait attaquer en silence et tuer par des insectes qui entrent dans son corps.

# LE THÉÂTRE DES ÉVÈNEMENTS

Los Angeles. Atticus Gore, inspecteur au LAPD, est appelé en renfort sur son jour de congé par des collègues débordés. Il se rend sur les lieux d'une scène de crime inexplicable dans un zoo désaffecté. Un homme a été retrouvé à l'état de squelette dans ses vêtements encore trempés de sang frais. Des monceaux d'insectes écrasés sont entassés au hasard. Atticus accepte de se charger de l'enquête et en informe son coéquipier, Eli Hackenberg dit Hack. Les inspecteurs retrouvent sur le corps des papiers et un téléphone au nom d'Oscar Riotto, journaliste indépendant, verbalisé la veille au soir. Il est impossible que le processus de décomposition ait été si rapide. Le mystère s'épaissit.

Le domicile de Riotto a été saccagé. Gore et Hack rencontrent sa voisine, dont la fille, Ximena, connaissait le journaliste. Méticuleux et rigoureux, Oscar Riotto écrivait des articles solidement documentés qui lui valaient autant d'admirateurs dans le journalisme que d'ennemis parmi les cibles de ses articles. Atticus est persuadé que Riotto a été attiré dans l'ancien zoo sous un prétexte professionnel. Perplexe face à cette anormale réunion d'insectes de toutes espèces, Gore a soudain un flash intuitif : Riotto se faisant dévorer vivant et courant en tous sens pour échapper aux insectes, expliquant ces tas écrasés disposés aléatoirement.

Gore rencontre ensuite un entomologiste qui lui confirme l'impossibilité naturelle de cette coalition d'insectes qui auraient dû se dévorer les uns les autres. Les inspecteurs retrouvent un contact d'Oscar qui lui donnait des sujets d'investigation. Ce dernier, passablement méfiant, voire paranoïaque, finit par leur avouer qu'Oscar travaillait sur « le monstre de Skid Row ». Ce quartier en déshérence peuplé de SDF et de junkies semble être le théâtre de disparitions mystérieuses : les habitants du quartier, marginaux et sans attaches, ont peur. Gore et Hack se rendent à Skid Row pour tenter d'obtenir des informations.

Pendant ce temps, à New York, Annie Fowlings vient demander à la détective privée Kat Kordell de retrouver sa fille de 22 ans, Lena, disparue depuis une dizaine de jours, avec qui elle a des relations compliquées. La police ne prend pas au sérieux la requête de la mère pour une jeune femme majeure, suffisamment malheureuse (« Lena a eu un parcours personnel disons… agité. Scarifications, mauvaises fréquentations, musiques extrêmes, ce genre de choses », p. 51) pour disparaitre d'elle-même. Mais Lena a envoyé à sa mère un SMS avec un message affectueux à l'attention de sa petite sœur Tanie, laquelle est décédée il y a plus de 10 ans. Kat se rend dans l'appartement de Lena où personne n'est venu depuis sa disparition. Une puanteur atroce émane du cadavre d'un chat en décomposition, assis éventré sur la commode. Des symboles étranges ont été gravés au fer de pyrogravure sur les os de sa colonne vertébrale. Kat poursuit son enquête au Starbucks où Lena travaillait. De fil en aiguille, elle apprend l'existence d'un homme inconnu, mais toxique, dont Lena, devenue « haineuse » (p. 150), semblait subir l'influence.

## LA VUE D'ENSEMBLE SE PRÉCISE

Kat s'efforce de retrouver la trace de l'homme, dont elle est persuadée qu'il est la clé de l'énigme. Elle découvre son nom, Galvin Hutchinson. Son ex-femme en dresse le portrait d'un homme très violent, manipulateur et malhonnête. Une ancienne voisine, terrorisée, en parle comme du diable en personne. Il aurait tué son chien en lui aspirant les chairs pour la punir d'espionner les allées et venues des voisins.

Kat retourne chez Lena. Le chat est toujours là, mais nettoyé de ses chairs, il n'en reste que les poils et les os, comme le chien de la voisine de Hutchinson. Elle déniche une nouvelle adresse où poursuivre son enquête, comme un jeu de piste. Elle se rend au Trou, quartier dévasté de New York dans lequel la nature semble avoir repris ses droits. Entrée par effraction dans une propriété crasseuse, elle découvre une cuve creusée dans le sol entourée de traces de pas et de bougies consumées, jonchée de cadavres d'insectes et dont les traces d'ongles sur les bords suggèrent que des personnes ont été maintenues de force dans cette cuve pleine d'insectes, ceci évoquant une scène de sacrifice ou de magie noire. Kat découvre le nom de la société propriétaire de ce lieu, laquelle est basée à Carson Mills, Kansas. Hutchinson aurait été verbalisé dans le Kansas un an auparavant et l'un des tracts qui menaient au Trou a été imprimé là-bas : ces pistes convergeant vers cet État, elle décide de s'y rendre, malgré des complications sentimentales certaines avec Mitch, son amant depuis quelques années.

De son côté, à Los Angeles, Atticus Gore a eu vent d'un autre décès antérieur, mystérieux et impliquant des insectes, suivi par ses collègues du RHD, section policière plus spécialisée dans les cas complexes, avec lesquels ils sont parfois en rivalité. Il s'agit d'un comptable d'un des plus grands groupes mondiaux, EneK, dirigé par le multimilliardaire Edwin Kowalski, mais Gore ne peut obtenir aucune information. En revanche, il apprend que l'entomologiste consulté au sujet des insectes présents sur la scène de crime de Riotto est mort, également de façon inexplicable. Gore en est convaincu : il s'agit d'une série de meurtres perpétrés par la même main. Malgré les pressions de sa hiérarchie, Gore poursuit son enquête et passe la nuit à Skid Row où il apprend enfin que Riotto venait dans le quartier en compagnie de Ximena, sa jeune voisine. Atticus et Hack la convoquent au poste. Elle parle de son travail pour une fondation apparemment humanitaire qui appartient à EneK et avoue qu'elle a fini par se rendre compte de disparitions des plus isolés au sein de la communauté de Skid Row. Elle en a parlé à Riotto, puis, forcée par un des hommes de main de la fondation qui l'a terrorisée, elle a appelé Oscar pour lui donner rendez-vous dans le zoo. Gore convainc Hack, inquiet, de poursuivre l'affaire et de ne pas l'abandonner à la RHD, mais quelque temps après, Hack demande à Atticus d'arrêter : il finit par avouer qu'il a reçu des menaces de mort pour ses filles. Sur ces entrefaites, des sbires d'EneK viennent chercher Gore à la demande d'Edwin Kowalski. Emmené en hélicoptère jusqu'à la résidence du multimilliardaire, l'entretien est bref : Kowalski évoque sa volonté de sauver l'humanité (ce qui, selon lui, nécessite d'en sacrifier une partie) et lui demande à son tour de se retirer du jeu. Gore refuse et suggère au RHD de perquisitionner les locaux de la fondation. Il réussit à subtiliser deux cartons de cette perquisition qui vont le mener jusqu'à Carson Mills, Kansas, via une adresse de laboratoire de recherches en nanotechnologie et insectes appartenant à EneK et localisé là-bas. Il décide alors de se rendre dans le Kansas.

## LÀ OÙ TOUT CONVERGE

Sur place, Kat découvre que l'imprimeur des tracts est une société-écran. Un journaliste, Kelvin Snell, lui apprend que cette société dissimule en réalité une secte dans laquelle se trouve probablement Lena. Kat étudie le camp, qui se trouve en plein cœur de la forêt, digne d'une prison, entouré de miradors, de barbelés et d'hommes armés. Snell travaille sur ce reportage depuis des mois et n'attend plus qu'un témoignage, celui d'un évadé, avant de publier ce qui se trame dans ces locaux appartenant à EneK. Mais les choses se précipitent : Snell est assassiné par une nuée d'insectes, de même que les deux évadés avec qui Kat avait eu un bref contact et qu'elle devait aider à fuir. Ces témoins lui ont expliqué l'horreur du camp : il ne s'y prépare rien de moins que l'apocalypse. Des rabatteurs comme Hutchinson, grassement payés pour cette mission, parviennent à endoctriner des « volontaires » (souvent des personnes fragiles et dépressives comme Lena) pour mettre fin au monde. Arrivés au camp, ils assistent à des sacrifices humains (tous ces marginaux enlevés), dévorés vivants par des insectes que les dirigeants et rabatteurs du camp parviennent à contrôler via des messages chimiques de phéromones. Les volontaires sont censés être dressés pour tuer, assommés de discours fumeux et catastrophistes sur l'humanité et son impasse.

Alors qu'elle décide de repartir à New York, affolée par la taille de l'ennemi, Kat est contactée par Atticus.

## LA FIN D'UN MONDE

À Wichita, Kansas, Atticus rencontre enfin Kat Kordell. Malgré leur entente immédiate et leurs évidentes affinités de caractère, elle refuse tout d'abord de faire équipe avec lui pour renverser EneK et son terrible camp, très effrayée par la tournure des choses. Elle finit par accepter et se fait attaquer par une nuée d'insectes. Atticus part la chercher et comprend ce qui est arrivé en voyant les traces et les tas d'insectes au sol, mais il ignore que Kat n'est pas morte et doit être offerte en sacrifice le lendemain. Déterminé à tout pour faire cesser ces exactions, Atticus parvient à s'introduire dans le camp. Au terme d'un parcours haletant, il arrive jusqu'à Kowalski. De son côté, Kat lutte pour sa vie, tant et si bien qu'elle parvient à retourner Lena et tuer Hutchinson. Gore, lui, semble à la merci de Kowalski. Tous les personnages se retrouvent à ce moment pour assister au triomphe in extrémis de Gore, qui avait transporté avec lui une caméra et un émetteur, permettant à Hack de diffuser sur les réseaux du monde entier la scène se déroulant dans le camp et les discours mégalomanes de Kowalski. Les renforts arrivent et s'apprêtent à donner l'assaut. C'est la débâcle, Kowalski se tire alors une balle dans la tête.

De retour dans leur monde respectif, Gore et Hack ont fait la preuve que leur duo fonctionne bien, en confiance et estime mutuelle. Quant à Kat, blessée et traumatisée, elle est accueillie par Mitch, qui souhaite s'occuper d'elle, mais elle n'aspire à parler qu'à une seule personne et s'envole pour Los Angeles, attendue par Atticus Gore.

# ÉTUDE DES PERSONNAGES

La galerie de personnages évoluant dans *Un(e)secte* correspond à celle que l'on peut trouver dans tout polar qui se respecte : les inspecteurs de police avec une hiérarchie possiblement corrompue et/ou honnête, mais hargneuse, le privé, les indicateurs, les marginaux de tout poil, le méchant mégalomane richissime, les experts scientifiques, les témoins, la jolie fille, l'homme de main sadique, etc. Mais tout en respectant les caractéristiques des personnages inhérentes au genre, Maxime Chattam s'amuse à en détourner certains des codes les plus marqués, rendant les personnages moins stéréotypés et plus proches de nos contemporains. Ces personnages, bien que façonnés à l'ancienne, baignent dans le XXI^e^ siècle et ont tous les oripeaux, les obsessions et les contrariétés de notre époque.

## ATTICUS GORE : LE LOUP SOLITAIRE (P. 390)

Inspecteur de profession, Atticus Gore appartient à la police de Los Angeles. Coquet, homosexuel fréquentant des prostitués, fan de musique metal et déterminé, il apparait comme un policier de roman plutôt hors-norme. Lors de sa première apparition, Atticus est appelé par ses collègues alors qu'il s'apprête à quitter l'appartement de l'homme qu'il a payé pour passer la nuit avec lui, donnant ainsi une première image de solitude. Ce quarantenaire sportif blond aux sourcils noirs prend un soin extrême de sa personne. En plus de son mode de vie très sain, il est également très soucieux de son élégance. Si son physique lui tient à cœur, on ne décèle aucune trace de vanité chez lui, il ne s'aime pas et essaie simplement de paraitre au mieux.

C'est un solitaire qui, en dehors de son métier et de ses aventures plus physiques que sentimentales, n'a pas vraiment de vie. Il semble avoir peu d'amis (on sait qu'il s'est disputé avec son précédent binôme) et n'a plus d'attaches familiales. Chattam laisse deviner des failles, tout un passé dur dont une « adolescence d'homosexuel repoussé par les siens » (p. 174), en partie à l'origine de sa vocation de policier : « Toute mon enfance j'ai rêvé d'être entendu, défendu, qu'on me protège, et personne n'a jamais endossé ce rôle pour moi, avoua-t-il. Je suis flic pour ça » (p. 385). Il a également une grande colère en lui, ce que Hack comprend très bien. Gore a une haute opinion de la loi et du droit censés protéger la population, et son métier est bien une vocation qui s'accorde avec ses valeurs personnelles.

Il n'est pas non plus exempt d'une certaine autorité : dans le duo qu'il forme avec Hack, c'est lui qui prend la plupart des décisions et qui fait le lien avec la hiérarchie.

Il aime enquêter, il est courageux et persévérant. Il ne se laisse pas abattre ou intimider, y compris par ses collègues qui le malmènent parfois en raison de son homosexualité ou de son apparence soignée. La résolution de l'histoire le fait passer « de pestiféré à icône du LAPD » comme lui fait remarquer Hack (p. 448). Il a aussi pour particularité d'avoir fait des études d'entomologie et est diplômé en biologie.

Cette enquête va lui permettre de mettre à l'épreuve ses convictions et son courage. Passant d'un meurtre mystérieux à un « scandale qui implique l'une des plus grandes entreprises du monde » (p. 283), le développement de l'enquête est une sorte de baptême du feu. Non qu'Atticus soit nouveau dans le métier, mais l'ennemi est cette fois inédit, plus grand qu'aucun autre, et les moyens mis en œuvre (le contrôle des insectes) plus spectaculaires que jamais. Il en sort vainqueur et cette victoire dont il ne tire aucune vanité sonne comme une revanche sur ses malheurs d'enfant. Il a pleinement rempli sa mission de protéger la population. Mais à titre personnel, elle ne lui apporte rien de plus. Il retombe dans la même solitude, dans les mêmes rencontres éphémères, dans la même peur du vide, à une exception près, notable : il connait maintenant quelqu'un avec qui la partager, Kat. Le livre se clôt sur la naissance de leur amitié.

## KAT KORDELL : LA PETITE PRIVÉE DE NEW YORK (P. 385)

Détective privée basée à New York, Kat Kordell emprunte, elle aussi, quelques-unes des caractéristiques saillantes des détectives privés dans l'histoire du polar, à ceci près qu'il s'agit d'une femme, ce qui est moins habituel dans l'imagerie traditionnelle, le métier de détective privé restant « un job de mec » (p. 41).

À l'exception de son cadre familial, Kat ressemble beaucoup à Atticus, comme un double féminin et non institutionnel. Petite fille qui a grandie « au sein d'une famille relativement soudée, plutôt aimante » (p. 41), sa vocation lui vient d'un oncle, Big Tony, qu'elle a adoré et qui est décédé d'un cancer du poumon. Ce détective lui a enseigné toutes les ficelles du métier. Kat a cette même volonté d'atteindre son but qu'Atticus et a engrangé études et expériences pour devenir une détective à part entière, dotée d'une licence et installée à son compte avec le désir de « connaitre les secrets » des gens.

Physiquement, Kat a sensiblement les mêmes préoccupations qu'Atticus et lui ressemble un peu, elle aussi est mince, cheveux clairs et yeux verts. Séduisante quadragénaire, Kat se voit vieillir avec angoisse, usant de toutes les ressources possibles pour retarder les effets du temps. Elle boit beaucoup, comme tout bon privé américain.

Elle est très solitaire, « pas d'enfants, aucun désir d'en avoir » (p. 45) et fréquente depuis plus de cinq ans un homme, Mitch. Le cadre est précis : pas d'engagement, de promesse ou de régularité. Ce cadre, qui convient à Kat, va, au cours du roman, de moins en moins convenir à Mitch qui souhaite une relation plus stable. Kat aspire à garder une « liberté égoïste de chaque instant » (p. 45), mais elle craint également les risques inhérents à toute relation, et le changement qu'elle implique.

Comme Atticus Gore, elle est très compétente et pugnace. Elle sait utiliser toutes les ressources de son métier ; elle est observatrice, sait poser les bonnes questions et mettre son interlocuteur en confiance, connait toutes les techniques de recherche et n'abandonne jamais une piste. Il ne lui faut que quelques jours pour se retrouver face au pot aux roses, dans le Kansas, ce qui fait dire à Atticus : « je suis impressionné » (p.368). Elle est aussi du côté de la justice et du courage puisque malgré sa peur, elle décide de revenir aider Atticus à coincer Kowalski. Confrontée à plusieurs reprises à la peur, elle la surmonte à chaque fois et démontre ainsi son audace.

Elle est aussi une personne qui, comme Gore à nouveau, dégage une impression d'assurance et de certitude qui cache en réalité crainte et angoisse.

Kat ne traverse pas cette aventure sans dommages : sa solitude ne s'est pas atténuée, elle ne s'illusionne pas sur la présence de Mitch qu'elle accepte par lâcheté et, contrairement à Gore, n'avait rien à prouver à qui que ce soit professionnellement. Elle a frôlé une mort atroce par deux fois et a tué ; ce geste s'est inscrit dans son être. Son retour ressemble au retour d'un vétéran de la guerre, traumatisé, perdu, secoué de pulsions de vie et de mort. Sa seule éclaircie est l'amitié de Gore, vers lequel elle vient chercher du réconfort. C'est par ses mots que s'achève le roman : « j'arrive » (p. 454).

## EDWIN KOWALSKI : LE RÔLE DE BOURREAU (P. 440)

Edwin Kowalski est, à un peu plus de quarante ans, le fondateur de la société EneK, « un monstre [la société] qui rivalisait avec les géants, au point qu'on commençait à non plus parler des GAFA [...], mais des GAFAK » (p. 217). C'est par le biais de cette société que Kowalski finance en sous-main toutes ses recherches sur les insectes et les nanotechnologies, s'offrant au passage des cobayes humains.

Lui aussi est seul, sans famille, isolé du monde par son immense fortune. Physiquement, il est petit et fluet, « pâle, ni beau ni charismatique, presque banal » (p. 301). Ce multimilliardaire mégalomane remplit toutes les conditions requises du méchant de haut vol : il est richissime – son envergure publique le place donc au-dessus de tout soupçon – et cumule les signes extérieurs de richesse (gardes du corps, hélicoptère privé, somptueuse propriété à l'abri des regards nichée en pleine nature dans un paysage « digne d'une carte postale », p. 301) et cette richesse, ce pouvoir lui ont monté à la tête. Il est obsédé par la survie de l'humanité qu'il estime condamnée à court terme. Son discours est rodé ; sous couvert de constats apparemment indiscutables tels que « le réchauffement climatique, la surpopulation croissante, la raréfaction des ressources et l'omniprésence d'armes de destruction massives » (p. 303) et alarmistes saupoudrés de références érudites au Surhomme de Nietzsche, il cherche en réalité non pas à faire passer l'humanité à une phase supérieure de développement comme il l'a dit à ceux qu'il a embrigadés, mais vise sa destruction pure et simple, la fin de l'humanité et lui avec : grâce à ses manipulations chimiques et techniques, « les insectes se soulèveront en masse, et ce sera la fin. Il ne restera personne pour me juger, ni pour me remercier d'être le seul à avoir osé, à avoir agi plutôt que d'attendre » (p. 439).

Perdant pied face à la défaite de son projet, il se donne la mort, filmée en direct sur les réseaux sociaux. À la mort de tous se substitue celle d'un seul homme, ni plus ni moins puissant que les autres.

# CLÉS DE LECTURE

## LES RESSORTS DU POLAR

Inspiré par le roman gothique anglais, ses cryptes, ses châteaux et ses forces maléfiques, le roman policier nait au XIX$^{e}$ siècle sous la plume de l'américain Edgar Allan Poe. Il pose les bases qui serviront de matrice aux polars classiques à venir : il s'agit de résoudre un crime ou un mystère. Un détective – amateur ou non – va s'y employer et, à force de réflexion, de logique et de déductions, va parvenir à trouver la clé de l'énigme et rétablir l'ordre, ou, comme le dit Daniel Fondanèche (p. 4), c'est « la trace romanesque d'une quête ayant pour but de rétablir un équilibre qui a été rompu après une transgression sociale. C'est la remise en ordre stable d'un état social qui, pendant un temps, a été perturbé ».

Le roman policier se déclinera dans plusieurs directions en accentuant plus ou moins certaines caractéristiques suivant les gouts des auteurs : le désir de mort (Le Fanu, Wilkie Collins), l'aspect judiciaire (les romans d'Émile Gaboriau), le personnage du détective (Sherlock Holmes, Hercule Poirot, Philip Marlowe, Sam Spade), celui du criminel (Arsène Lupin, Fantômas), le roman à énigmes, le personnage du policier (Maigret, Dave Robicheaux, Harry Bosch, Adamsberg), le polar historique ou religieux (les romans de Philip Kerr, *Le nom de la rose* d'Umberto Eco, le *Da Vinci code* de Dan Brown), le thriller (dont certains livres de Maxime Chattam ou de Stephen King), etc.

Pour ce roman policier, Chattam a nettement travaillé sur l'aspect thriller. Il introduit nombre de scènes effrayantes et angoissantes mettant plus particulièrement Kat aux prises avec le danger. De nombreuses séquences se passent la nuit ou dans le noir dans des lieux isolés où l'insécurité règne. Le magasin de produits en lien avec l'occulte distille le malaise : « poteaux de bois taillés en démons, diables d'ébène, gargouilles... » (p. 117), « masques tribaux », « animal[ux] empaillé[s] », des yeux qui « flottaient tous dans un liquide brun, parfois minuscules, d'autres de la taille d'une orange, une collection absurde et dégoûtante » (p. 118). Mais l'absence de lumière (et donc symboliquement de compréhension des évènements) est omniprésente et terrifiante : « en l'absence d'éclairage dans la rue, il faisait particulièrement noir » (p. 200), « son téléphone éclairait chichement l'ombre » (p. 206), « dans certaines rues, un lampadaire sur deux avait l'ampoule brisée. L'obscurité étendait son voile sur les trottoirs » (p. 256), « des râles de mal-être perçaient la nuit » (p. 258). L'électricité est coupée chez Lena, obligeant Kat à utiliser la maigre lueur de sa torche et le noir engendre des impressions [« il y avait quelqu'un avec elle sous le lit », p. 195], de même que Snell est abusé par la forme qu'il voit dans la nuit et qu'il prend d'abord pour son chien avant de comprendre qu'il s'agit d'autre chose : « Une flaque mouvante se répandait à toute vitesse dans le jardin et fonçait droit sur lui » (p. 287). Il y a également un travail sur le son – ou son absence – qui contribue à nourrir la peur : « la privée se remit sur ses genoux, à quatre pattes, sans remarquer l'ombre qui se déployait dans son dos, lentement, sans un bruit » (p. 203) ou « un voile obscur ondula sur le parquet sans que Jake ne l'entende » (p. 354). Dans certaines scènes hautement angoissantes, le danger semble être écarté avant de revenir de plus belle, comme la scène de la douche de Bernie Fuhler (p. 378-380), écho lointain de la fameuse scène du film d'Hitchcock *Psychose*, la scène de douche originelle. Chattam effectue également un travail minutieux sur le réalisme de certaines descriptions, ajoutant ainsi au malaise du lecteur. Quand Kat se rend pour la première fois dans l'appartement de Lena, il est plongé dans l'obscurité et elle sent immédiatement « une odeur nauséabonde » [...]. Le rance d'une bouillie de graisse fondue mêlée à l'acide ferreux de la viande gâtée. Le parfum de la mort » (p. 73). Il s'agit du chat éventré de Lena : « des asticots se dandinaient dans la viande gâtée et donnaient l'illusion qu'elle se déplaçait » (p. 78).

Mais en dehors des habituels ressorts de la peur, le ratio d'insectes (un milliard et demi par personne), leur déplacement silencieux et les réelles recherches scientifiques à leur égard suffisent pour diffuser la crainte.

**Le saviez-vous ?**

Quelles sont les différences entre un thriller et un roman policier ? Le roman policier se concentre plus spécifiquement sur le crime et sa résolution via l'enquête et se trouve plus axé sur les personnages des policiers ou des privés ; le thriller s'intéresse davantage au coupable [connu souvent très rapidement du lecteur], à ses motivations et à ses agissements et tient le lecteur en haleine à l'aide de rebondissements et de péripéties. Il joue beaucoup sur la peur et le suspens (le fameux *cliffhanger*).

## PEUR SUR LA VILLE

Chattam a choisi deux villes comme territoires de son odyssée, obéissant à une tradition du polar qui fait de la ville une héroïne à part entière. Qu'il s'agisse des romans policiers américains ou européens, la grande ville offre un pouvoir d'attraction et de fascination malsain ; elle est le symbole de tous les maux, de toutes les névroses, le théâtre des luttes de pouvoir entachées de corruption. Elle incarne la déliquescence morale et politique et l'injustice sociale : y cohabitent (très) riches et (très) pauvres, dorures et beaux quartiers jouxtant la misère la plus sordide formant d'autres petites villes dans la grande ville. Le policier ou le détective est celui qui franchit ces frontières invisibles et sillonne la ville dans ses moindres recoins, permettant à l'auteur d'énoncer un état de fait. À charge au lecteur de se faire une opinion sur cette juxtaposition choquante d'univers bien délimités.

Los Angeles est déjà le décor des romans noirs de Dashiell Hammet, Raymond Chandler ou James Ellroy et fait partie des villes « noires » mythiques. La tentaculaire cité des anges ne peut se « concevoir qu'en voiture » (p. 91). C'est une mégapole classique avec ses centres commerciaux (« fourmilières modernes semi-enterrées, rutilantes, récurées à en effacer l'odeur même des hommes », p. 91), temples de la société de consommation. Éclaboussée des paillettes cinématographiques hollywoodiennes, Los Angeles est également une ville pleine de misère sociale où les rêves enchantés s'écrasent de plein fouet sur les trottoirs. La recherche du meurtrier emmène Gore et Hack dans le quartier de Skid Row, « une ville entière de clodos » (p. 172), « royaume des camés et des fous, où les trottoirs disparaissaient littéralement sous l'empilement de tentes et de bâches tendues en guise d'auvent » (p. 175) où vivent plusieurs milliers de personnes. Los Angeles est la ville de la contradiction : usine à rêve d'éternité et immense quartier d'oubliés, à cheval entre la nature et la ville (« quelques sommets offraient une vue parfaite sur la cité et son horizon flouté de pollution », p. 24) où l'on sent « le parfum des fleurs de ce début de printemps [...]. Les odeurs qui vont suivre seront bien différentes » (p. 25). C'est une ville qui n'a pas chassé la nature, qui s'y accote, coincée entre la mer et les reliefs. On y sent beaucoup d'odeurs de fleurs, les arbres soulèvent les chaussées dans le quartier d'Atticus, bref, Los Angeles est entre deux mondes : la nature représentée par le Kansas et la ville sans nature ou une nature coincée dans la pierre que figure New York. C'est une ville dont la sauvagerie peut être vue dans le zoo dans lequel Riotto est découvert, un zoo désaffecté, certes, et dont les animaux en cage ont cédé la place à une « faune nocturne avide d'expériences amusantes et de tranquillité » (p. 32), mais de laquelle les grands fauves ne sont pas absents.

New York est clairement une cité oppressante, c'est « une ville complexe, se nourrissant de l'énergie de ceux qui la constitu[ent], mais certains quartiers exer[cent] un réel pouvoir sur l'âme » (p. 155). Son enquête va mener Kat dans des endroits à la marge, peuplés de misère et de danger, propices à faire naitre l'angoisse et le suspens, ou comment la ville peut inspirer la crainte. La nature y est aussi présente, mais de façon sournoise et envahissante, inquiétante également (« série de tours donnant sur l'autoroute FDR où s'entassaient quelques milliers d'habitants » où « l'herbe s'immisçait entre les dalles déchaussées » (p. 71) ; « tours d'habitation [...], écoles-bunkers, églises qui ressemblaient à des hangars abandonnés » (p. 72) chez Lena ; « zone d'entrepôts, de friches grillagées, et de petits commerces vétustes aux néons branlants » (p. 115), « bâtiments tassés, mal entretenus, tagués, parfois abandonnés, parkings envahis de mauvaises herbes, bitume craquelé et constellé de nids-de-poule » (p. 116) chez Silas, etc.

Plus Kat et Atticus s'enfoncent dans leur enquête, plus ils s'enfoncent au cœur des villes, dans des quartiers sombres et abandonnés. Que ce soit à Los Angeles ou bien à New York, la civilisation déshumanise les hommes. Ils sont des « vautours » (p. 177), des fourmis

(« fourmilières verticales », p. 115), le « serpent monstrueux que compos[e] l'autoroute aérienne » (p. 116), des « moutons fil[ant] du berceau à l'abattoir » (p. 253). Abrutis de publicité, assoiffés d'objets de consommation et de pouvoir, les hommes ne sont plus des hommes, mais ces animaux imparfaits ne sont même plus en mesure de tenir tête à des insectes.

## LES INSECTES EN LITTÉRATURE

Ici, la peur vient de ce que les insectes se mettent à communiquer entre eux : face à eux et à leur nombre, l'humanité ne saurait tenir que quelques jours... Ces créatures rampantes, volantes, en grands groupes ou isolées génèrent un pouvoir de fascination particulier. Souvent peu considéré, l'insecte est la toute petite bête indigne d'intérêt. Désagréable (moustique, puce ou autre tique), dégoutant (araignée, cafard, asticot, ver de terre, etc.), effrayant (guêpes, frelons, taons, insectes dévorant les chairs mortes) ou vaguement étrange (lucanes, mantes religieuses, phasmes, etc.), l'insecte beau (la chenille devenant papillon, la sympathique coccinelle qui porte bonheur) et digne d'admiration (les fourmis industrieuses et les abeilles et leur société exemplaire qui ont, en plus l'avantage de produire du miel) est une exception.

Les animaux ont souvent été mis à l'honneur dans la littérature, parfois aussi les insectes. Dans la longue nouvelle *La métamorphose* de Franz Kafka (écrite en 1912), le héros, un jeune homme du nom de Gregor, se réveille un matin transformé en cancrelat. Il va vivre cloitré dans sa chambre, rapidement emprisonné par sa famille, qui ne ressent plus pour lui que honte et dégout. L'existence misérable de Gregor en cancrelat prend fin au bout de quelques jours, au grand soulagement des siens. Cette métamorphose fantastique et absurde permet à Kafka d'embrasser de nombreux thèmes : la solitude, le rejet, la famille, la solidarité, la différence.

*La cigale et la fourmi* (éditée en 1668) est sans doute la plus célèbre fable de Jean de La Fontaine : une cigale, qui mène une vie de bohème et qui profite du jour et de la vie est opposée à la fourmi, qui travaille, anticipe et prévoit et ne montre pas beaucoup de générosité envers son prochain. La morale de la fable n'est pas si simple à définir, on peut y voir l'affrontement de deux conceptions de la vie qui contiennent en elles-mêmes des qualités et des défauts.

*Les mouches* de Jean-Paul Sartre est une pièce de théâtre écrite en 1943 qui évoque, en le remaniant, le mythe d'Oreste. De retour dans sa ville natale envahie par les mouches, Oreste trouve les habitants en proie aux remords de leurs crimes : du peuple aux souverains (Égisthe et Clytemnestre, beau-père et mère d'Oreste qui ont assassiné Agamemnon, père d'Oreste), tous sont torturés par la culpabilité. Poussé à la vengeance par sa sœur Électre devenue une esclave, Oreste tue Égisthe qui ne se défend pas. Oreste quitte la ville, emportant avec lui les remords et, ce qui les symbolise, les mouches. Avec cette pièce écrite et jouée en temps de guerre, Sartre entendait montrer la difficulté et l'importance à conserver une estime de soi face à des circonstances exceptionnelles :

la guerre et l'Occupation, subir, résister ? Tenter, en tous cas, d'éviter les mouches...

La littérature fantastique fait aussi appel aux insectes (*La trilogie des fourmis* de Bernard Werber), ainsi que la littérature jeunesse, de nombreux petits héros sont des insectes, offrant aux tout-petits une image rassurante et familière. On peut également penser à cette voix de la conscience qui guide le petit pantin rebelle Pinocchio, sous les traits... d'un grillon ! Pinocchio, dans le livre de Collodi, tue d'ailleurs ce dernier d'un coup de marteau.

Dans le roman de Maxime Chattam, le choix des insectes comme possibles destructeurs de l'humanité peut donner lieu à plusieurs interprétations. On peut voir dans les insectes un double animal de l'homme : son nombre de représentants sur Terre, sa fragilité face à des forces qui le dépassent, son organisation. Mais on peut également y lire une dénonciation de la position dominante de l'homme sur Terre qui tente d'asservir la nature et tout ce qui l'entoure. Comme tous les puissants, l'homme a son talon d'Achille, et la vengeance viendra – par un effet de contraste – de l'infiniment petit que sont les insectes. Cet infiniment petit est aussi manipulé par des expériences menées par l'homme : l'homme est donc responsable de sa propre perte. Sa volonté d'aller toujours plus loin dans le champ de la recherche scientifique et technologique provoque un déséquilibre naturel. La nature (ici représentée par les insectes) se rebelle et c'est elle qui est susceptible d'avoir le dernier mot. L'homme parvient à gagner ce combat, mais de justesse. Les insectes représentent donc également la soif de pouvoir, la folle ambition technologique de l'homme et son besoin de tout contrôler alors que la nature est, par définition, incontrôlable et que l'homme ne sera jamais qu'un animal de plus dans la nature. Ses responsabilités envers les autres habitants de la planète sont d'autant plus immenses qu'il est capable de prodiges technologiques hors de portée des autres animaux.

# PISTES DE RÉFLEXION

## QUELQUES QUESTIONS POUR APPROFONDIR SA RÉFLEXION…

- S'agit-il d'un roman policier ou d'un thriller ? Justifiez.
- Connaissez-vous d'autres inspecteurs ou détectives privés célèbres ? Quelles sont les différences romanesques entre les deux ?
- Les privés ont tous une marotte, en quoi contribue-t-elle à l'identité du personnage ?
- Qu'apporte, selon vous, la structure à deux intrigues du roman ?
- Quels sont les ressorts de la peur dans la scène d'ouverture ?
- Le roman vous semble-t-il « cinématographique » ?
- Parleriez-vous pour ce roman d'une critique sociale ?
- À votre avis, la tirade de Trappier sur le monde tel qu'il va (ou ne va pas) à la page 253 est-elle du personnage ou est-ce Maxime Chattam qui parle ?
- Il ne s'agit pas d'insectes, mais d'autres animaux se sont regroupés dans une nouvelle célèbre de Daphné du Maurier adaptée au cinéma par Alfred Hitchcock, desquels s'agit-il ? Quel rôle pensez-vous qu'ils jouent dans la nouvelle ?

# POUR ALLER PLUS LOIN

## ÉDITION DE RÉFÉRENCE


- Chattam M., *Un(e)secte*, Albin Michel, Paris, 2019.


## ÉTUDES DE RÉFÉRENCE


- Fondanèche D., *Le roman policier*, Paris, Ellipses, 2000.
- Thiébault C. et Demets M., *Polar : le grand panorama de la littérature noire*, Paris, La Martinière, 2013.


## SOURCES COMPLÉMENTAIRES


- Site officiel de Maxime Chattam, consulté le 01/11/2021. URL : www.maximechattam.com

*Votre avis nous intéresse !*
*Laissez un commentaire sur le site de votre librairie en ligne et partagez vos coups de cœur sur les réseaux sociaux !*

L'éditeur veille à la fiabilité des informations publiées, lesquelles ne pourraient toutefois engager sa responsabilité.



www.lepetitlitteraire.fr

ISBN version numérique : 9782808024198
ISBN version papier : 9782808024204
Dépôt légal : D/2021/12603/49

Conception numérique : Primento,
le partenaire numérique des éditeurs.

www.ingramcontent.com/pod-product-compliance
Lightning Source LLC
LaVergne TN
LVHW052110160826
845678LV00015B/3479

* 9 7 8 2 8 0 8 0 2 4 2 0 4 *